U0669968

我逃离了纳粹德国

伊尔丝的流亡日记 │1938—1939年│

Yaël Hassan

〔法〕亚埃尔·哈桑 著

赵英晖 郭宁萱 译

人民文学出版社
PEOPLE'S LITERATURE PUBLISHING HOUSE

著作权合同登记号　图字 01-2019-0620

J'ai fui l'Allemagne nazie

© Gallimard Jeunesse, 2007

All rights reserved.

图书在版编目（CIP）数据

　　我逃离了纳粹德国：伊尔丝的流亡日记 / （法）亚埃尔·哈桑著；赵英晖，郭宁萱译. -- 北京：人民文学出版社，2023

　　（日记背后的历史）

　　ISBN 978-7-02-018147-6

　　Ⅰ.①我… Ⅱ.①亚… ②赵… ③郭… Ⅲ.①儿童小说－长篇小说－法国－现代Ⅳ.①I565.84

　　中国国家版本馆 CIP 数据核字（2023）第 133920 号

责任编辑　李　娜　王雪纯
装帧设计　李苗苗

出版发行　人民文学出版社
社　　址　北京市朝内大街 166 号
邮　　编　100705

印　　刷　凸版艺彩（东莞）印刷有限公司
经　　销　全国新华书店等

字　　数　58 千字
开　　本　890 毫米 ×1240 毫米　1/32
印　　张　4
版　　次　2023 年 5 月北京第 1 版
印　　次　2023 年 5 月第 1 次印刷

书　　号　978-7-02-018147-6
定　　价　39.00 元

如有印装质量问题，请与本社图书销售中心调换。电话：010-65233595

序

老少咸宜，多多益善

——读《日记背后的历史》丛书有感

钱理群

这是一套"童书"；但在我的感觉里，这又不止是童书，因为我这七十多岁的老爷爷就读得津津有味，不亦乐乎。这两天我在读"丛书"中的两本《王室的逃亡》和《法老的探险家》时，就有一种既熟悉又陌生的奇异感觉。作品所写的法国大革命，是我在中学、大学读书时就知道的，埃及的法老也是早有耳闻；但这一次阅读却由抽象空洞的"知识"变成了似乎是亲历的具体"感受"：我仿佛和法国的外省女孩露易丝一起挤在巴黎小酒店里，听那些平日谁也不注意的老爹、小伙、姑娘慷慨激昂地议论国事，"眼里闪着奇怪的光芒"，举杯高喊："现在的国王不能再随心所欲地把人关进大牢里去了，这个时代结束了！"齐声狂歌："啊，一切都会好的，会好的，会好的……"我的心都要跳出来了！我又突然置身于3500年前的神奇的"彭特之地"，和出身平民的法老的伴侣、十岁男孩米内迈斯一块儿，突然遭遇珍禽怪兽，紧张得屏住了呼吸……这样的似真似假的生命体验实在太棒了！本来，自由穿越时间隧道，和远古、异域的人神交，这是人的天然本性，是不受年龄限制的；这套童书充分满足了人性的这一精神欲求，就做到了老少咸宜。在我看来，这就是其魅力所在。

而且它还提供了一种阅读方式：建议家长——爷爷、奶奶、爸爸、妈妈们，自己先读书，读出意思、味道，再和孩子一起阅读，交流。这样的两代人、三代人的"共读"，不仅是引导孩子读书的最佳途径，而且还营造了全家人围绕书进行心灵对话的最好环境和氛围。这样的共读，长期坚持下来，成为习惯，变成家庭生活方式，就自然形成了"精神家园"。这对孩子的健全成长，以至家长自身的精神健康，家庭的和睦，都是至关重要的。——这或许是出版这一套及其他类似的童书的更深层次的意义所在。

我也就由此想到了与童书的写作、翻译和出版相关的一些问题。

所谓"童书"，顾名思义，就是给儿童阅读的书。这里，就有两个问题：一是如何认识"儿童"，二是我们需要怎样的"童书"。

首先要自问：我们真的懂得儿童了吗？这是近一百年前"五四"那一代人鲁迅、周作人他们就提出过的问题。他们批评成年人不是把孩子看成是"缩小的成人"（鲁迅：《我们现在怎样做父亲》），就是视之为"小猫、小狗"，不承认"儿童在生理上心理上，虽然和大人有点不同，但他仍是完全的个人，有他自己的内外两面的生活。儿童期的十几年的生活，一面固然是成人生活的预备，但一面也自有独立的意义和价值"（周作人：《儿童的文学》）。

正因为不认识、不承认儿童作为"完全的个人"的生理、心理上的"独立性"，我们在儿童教育，包括童书的编写上，就经常犯两个错误：一是把成年人的思想、阅读习惯强加于儿童，完全不顾他们的精神需求与接受能力，进行成年人的说教；二是无视儿童精神需求的丰富性与向上性，低估儿童的智力水平，一味"装小"，卖弄"幼稚"。这样的或拔高，或矮化，都会倒了孩子阅读的胃口，这就是许多孩子不爱上学，不喜欢读所谓"童书"的重要原因：在孩子们看来，这都是"大人们的童书"，与他们无关，是自己不需要、无兴趣的。

那么，我们是不是又可以"一切以儿童的兴趣"为转移呢？这里，也有两个问题。一是把儿童的兴趣看得过分狭窄，在一些老师和童书的作者、出版者眼里，儿童就是喜欢童话，魔幻小说，把童书限制在几种文类、有数题材上，结果是作茧自缚。其二，我们不能把对儿童独立性的尊重简单地变成"儿童中心主义"，而忽视了成年人的"引导"作用，放弃"教育"的责任——当然，这样的教育和引导，又必须从儿童自身的特点出发，尊重与发挥儿童的自主性。就以这一套讲述历史文化的丛书《日记背后的历史》而言，尽管如前所说，它从根本上是符合人性本身的精神需求的，但这样的需求，在儿童那里，却未必是自发的兴趣，而必须有引导。历史教育应该是孩子们的素质教育不可缺失的部分，我们需要这样的让孩子走近历史、开阔视野的人文历史知识方面的读物。而这套书编写的最大特点，是通过一个个少年的日记让小读者亲历一个历史事件发生的前后，引导小读者进入历史名人的生活——如《王室的逃亡》里的法国大革命和路易十六国王、王后；《法老的探险家》里的彭特之地的探险和国王图特摩斯，连小主人翁米内迈斯也是实有的历史人物。每本书讲述的都是"日记背后的历史"，日记和故事是虚构的，但故事发生的历史背景和史实细节却是真实的，这样的文学与历史的结合，故事真实感与历史真实性的结合，是极有创造性的。它巧妙地将引导孩子进入历史的教育目的与孩子的兴趣、可接受性结合起来，儿童读者自会通过这样的讲述世界历史的文学故事，从小就获得一种历史感和世界视野，这就为孩子一生的成长奠定了一个坚实、阔大的基础，在全球化的时代，这是一个人的不可或缺的精神素质，其意义与影响是深远的。我们如果因为这样的教育似乎与应试无关，而加以忽略，那将是短见的。

这又涉及一个问题：我们需要怎样的童书？前不久读到儿童文学评论家刘绪源先生的一篇文章，他提出要将"商业童书"与"儿童文学中的顶尖艺术品"作一个区分（《中国童书真的"大胜"了吗？》，载 2013 年 12 月 13 日《文汇读书周报》），这是有道理的。或许还有一种"应试童书"。这里不准备对这三类童书作价值评价，但可以肯定的是，在中国当下社会与教育体制下，它们都有存在的必要，也就是说，如同整个社会文化应该是多元的，童书同样应该是多元的，以满足儿童与社会的多样需求。但我想要强调的是，鉴于许多人都把应试童书和商业童书看作是童书的全部，今天提出艺术品童书的意义，为其呼吁与鼓吹，是必要与及时的。这背后是有一个理念的：一切要着眼于孩子一生的长远、全面、健康的发展。

因此，我要说，《日记背后的历史》这样的历史文化丛书，多多益善！

2013 年 2 月 15—16 日

献给戴维，
以表友爱之情，是他带我发现了这个故事。

柏林，1938年11月15日

在爸爸的建议下，我开始写这本日记。他觉得写出来也许能给我一点安慰。

爸爸是这么跟我说的：

"要知道，很多大作家都是从写日记起步的。说不定你也能通过写日记发现自己的志趣所在呢。希尔施老师每次说起你的课堂作文都赞不绝口。我相信你肯定能从中获得乐趣的，即使所写的内容不是什么愉快的事。"

这不，我现在就拿着笔，准备和你交交心。奶奶给我这个日记本时，希望我能写下自己的欢乐和幸福，可我要告诉你的却是我的忧伤和愤慨。发生了上周那样的事，怎么可能不气愤呢！我们的犹太教堂被亵渎、洗劫、焚毁；城里所有犹太商店的橱窗，都被

1

砸得粉碎！从那时起，我的生活、我的心、我的希望和我的梦，都成了碎片！

我不知道写出来能否给我安慰或快乐，但至少，它能使我忙碌起来，能帮我充实这些忧伤而漫长的日子。

而且，说不定事情最后会顺利解决，我连这个日记本的三分之一都写不满！这不，我美好的乐观主义已经占了上风，在这一点上我很了解自己！可这次呢，真的会顺利解决吗？也许只有彻头彻尾的幻想家才会信以为真。

还是接着谈上周那件事吧。多惨啊，即使在我最可怕的噩梦里，也没有出现过那么悲惨的情景。

那个可怕的夜晚，他们叫它"水晶之夜"。第二天，我像往常一样去上学，和我最好的朋友（她现在还是我最好的朋友吗？）赫尔佳，还有同学英格一起。我的心情很沉重，尽量不踩那些玻璃碴，不踩便道上遍布的狼藉；而英格却很高兴，一路踩踏着，蹦蹦跳跳，还扯开嗓门高声唱着对领袖阿道夫·希特勒的颂歌：

"他是我们的救世主、我们的大英雄!"

赫尔佳走在我身边,一言不发;我攥紧拳头,不让自己哭出来,一路低头向前,只想什么也不看。

丹齐格先生的美味鲜食品店被毁了,魏斯夫人的缝纫用品店也被毁了;卡茨先生的书店被洗劫一空,那么漂亮的书店,我曾在里面度过多少美好的时光啊!所有这一切我都不忍目睹。

平时我有什么想法从不掖着藏着,但那时候,我隐隐觉得,有些想法和观点与人们对他的崇拜相悖,如果表达出来,会给我招来麻烦,我最好是把愤怒留在心里面。我依然盼着能从赫尔佳那里得到一句话、一个眼神、一点安慰……可是什么都没有。

讲这些对我来说多艰难啊!我没觉得写下发生的事对我有什么帮助。反而更糟糕了!我想还是就此收笔吧,不然我的眼泪又要流干了(如果我的身体里还有眼泪的话)。

柏林，1938年11月16日，上午10点

还是爸爸说的有道理。与其反刍自己的愤怒，还不如向你倾诉出来，一吐为快。把事情说出来，把它们从自己身上剔除出去，比翻来覆去地琢磨要好得多。让你来分担我的烦恼，我这样做可能算不上是个好伙伴，恳请你先原谅我吧！

因此我继续写下去。

我们刚进教室，把书本从书包里拿出来，我们的班主任——亲爱的希尔施小姐，就要求我们——我和雷纳特——起立。

"你们两个得离开学校！对此我很难过，但我必须向你们提出这样的要求。"她向我们宣布。

雷纳特和我，还有班里所有的同学，都没弄明白她的意思。

是讨厌的英格第一个做出了反应：

"为什么雷纳特和伊尔丝得离开我们班，希尔施小姐？她们做了什么？"

"没有，她们什么都没有做，英格。但今后德意志的学校不再接收犹太人了！"老师垂着头答道。

我不记得我和雷纳特是怎么把自己的东西放回书包里，并故作骄傲地走出教室的。我们感到极大的羞辱，互相之间一句话也没有说。我不知道我们的腿是怎样强撑着将我们的身体带出教室，而没有屈膝倒地的。来到她家门前时，我们紧紧地拥抱在一起。然后我一路跑回了家。

我的世界崩塌了。

停下吧！不然我就要哭了。

柏林，1938年11月18日

重读之前向你吐露的一切，我想你肯定会以为犹太人在我们国家的厄运是从"水晶之夜"开始的，其实并非如此。我在这里告诉你的，都是我自己，都是以我为中心的，以我这个微小的存在为中心的事！我有眼睛能看见，有耳朵能听到，我真的要非常自私，才能假装什么也没有发生。不，这个夜晚只是标志着我个人——平时娇生惯养、无忧无虑、被父母精心呵护着的、与一切丑恶隔绝开来的小女孩——厄运的开始，而犹太人，则早已遭受了连番的耻辱。爸爸冷峻的脸、妈妈哭红的眼睛、女仆格瑞塔的突然辞职、父母间的低声交谈，所有这些都没有逃过我的眼睛，我知道这一定与对犹太人的迫害有关。我难道还太小，对这些重视不起来？不，实际上是我在拒绝看、拒绝知道、拒绝理解。确切地说，因为这一切对我而言**无法理解**！

昨天，我像个傻瓜似的，一整天都在等赫尔佳来看我……

从此，她不再是我最好的朋友。我不愿再想到她，也不愿再谈到她。对我来说，她已经不存在了……或者，更准确地说，是对于她而言我不存在了。上课的时候，看到我那空荡荡的座位，她会对我有一丝想念吗？不会！

就此停笔，因为我觉得一直在我胸口沸腾的那口锅，马上就要溢了！

爸爸不想让我去犹太学校。那之后一直是他在给我上课。他从大学教授的职位上被赶下来已经很久了。爸爸是个很棒的老师，学生们很喜欢他（但那天在街上，还是有一个学生冲他脸上吐口水！），跟他学到的东西比在学校学的多一千倍，但我依然感到很可惜……

不，不要再可怜自己的命运，可怜自己这个微小的存在了！有多少人比我更不幸啊！

柏林，1938年11月19日

日子真长啊！没错，我跟爸爸上课，也自己读书，而且读得比以前多得多，但是……多么乏味啊……这就是我从此以后的生活吗？剩下的日子，我就要和父母一起关在家里度过吗？这可怕的念头令我不知所措。爸爸总是劝我耐下心来，不断告诉我事情很快会回归正轨。可如果他弄错了呢？我们将来会怎样？很多犹太人离开了德国。而我，我生在柏林，我现在是、以后也一直会是德国人，即使纳粹认为应当取消我们的国籍。不管他们愿不愿意，我都是德国人！证据嘛，我说德语、我做梦用德语、思考用德语、生活用德语，即便现在，我也是在用它哭泣！怎么能用一条简单的法令就把一个人从他深刻的存在中剥离呢！我今后是什么？没有身份、没有国籍，我们怎么生活？

希特勒指控我们犹太人的罪行，并非由我所为，也并非由我的家人所为。1914 年到 1918 年战争的失败不是我的责任，经济危机、贫困和失业也不是因为我。希特勒，这头无知的蠢驴，认为犹太人是劣等种族。他不知道犹太教是一个宗教、一种文化，而不是一个种族。证据就是很多德国犹太人金发、蓝眼，可以被当作纯正的雅利安人，他自己却不是这样的！

为什么这个人对我们心生恨意？我们对他做了什么？作为人，怎么能对自己的同类抱有如此的仇恨？就算他恨犹太人，难道这是加害犹太人的理由吗？你肯定觉得我太天真了……可我不天真，我不再天真。我只想理解别人没能解释清楚的东西。爸爸总说一切都可以解释……

"那你为什么不能给我解释希特勒的行为？"我问他。

"因为他的态度没有解释，解释等于为他找理由。你就对自己说，这就是地地道道的疯狂，甚至是歇斯底里。这个人精神错乱，从他脸上可以看出来，从他的演讲中也可以感觉到……"

柏林，1938年11月20日

日记，爸爸建议我把你藏起来。今天早上我们就在忙这件事。爸爸跟我做了个游戏，内容是由我来为你找一个最好的藏身之处，再由爸爸把你找出来。头三次，他很轻松地完成了任务。第四次就好了，我发现地板上有几块木条松动了。我用一把刀子撬开了三块，把你藏在下面，然后又把木条安回原来的位置，再小心地把我卧室的地毯盖在上面。没有被发现！爸爸确实没有找到你。

现在，我要小心了，不能把你忘在我的床上或是书桌上！

猜猜看，从此以后我们的谈话中哪个词出现得最多？*Verboten*！禁止！一切对于我们都是禁止的：禁止从事某种职业、禁止上学、禁止与非犹太人结婚、禁止雇用45岁以下的雅利安人。禁止、禁止、禁止！不久，对于我们，活着也要被禁止了！**VERBOTEN**！

越来越多的朋友，还有亲戚离开德国，去了加拿大或者美国。我看到他们是哭着上路的，他们的心碎了，因为不得不离开他们的国家、他们的土地，将一切抛在身后。

我偶然听见了爸爸和妈妈就这个问题的一次争论。

"走吧，我们也走！"妈妈恳求道，"不走就来不及了！替伊尔丝想想！如果她出了什么事，我不会原谅自己。"

"一切都会平息的！"爸爸安慰她，"这不过是根起火的麦秸，烧不了多久。一个像我们这样文明、开化、有教养的民族，不会任凭自己被卷进这种歇斯底里的状态的。何况，还有我的父母呢，罗莎！他们那样的年纪，怎么能要求他们离开、放弃一辈子的工作呢？他们会因此死去的，肯定会。可又不能不带他们走，不是吗？难道把他们独自留在这儿？"

"当然不行，"妈妈叹息道，"但我真的认为我们留在这儿是个错误。"

我觉得她说的有道理。

柏林，1938年11月22日

昨天晚上，爷爷和奶奶来看我们。事实上奶奶已经足不出户了，接二连三的不幸使她不堪重负，况且她还没有从玛莎离去带给她的悲伤中恢复过来。玛莎是我的姑姑，爸爸的妹妹，她去了英国。因此爷爷和奶奶的到来，使我立刻明白一定发生了严重的事情。这次可不能让他们撇下我单独密谈了。我认为自己不再是个孩子了，我有知情权，也有表达意见的权利。父母同意让我旁听他们的谈话，但是爷爷不大乐意。对他来说，我还是不久之前的那个小女孩。但实际上我与她已经没有任何瓜葛了。

"我们来是让你们尽快离开德国。"爷爷说，难以抑制自己的感情。

"可是……"爸爸试图抗议。

"闭上嘴听我说，我的儿子！你妈妈和我太老了，不能在别处开始新生活了。我们生在这里，也要死在这里。但是你们，你们面前还有很长的人生。应该为孩子想想，为你们的未来想想。我们很清楚，你们不离开，只是因为我们。我们不想成为累赘。我们已经老了，不会有什么大不了的事发生的。可你们，你们的处境很危险。如果因为我们的缘故，让你们遭到不测，我们可受不了。你妈妈和我还有钱，那些人还没有动，我们用不着这钱，是你们的了。给你们路上用，还有签证费和将来安家的花销……"

"我们不会撇下你们上路！"爸爸宣布道。

"不行，你们走，赶紧出发。说不定我们稍后就去跟你们会合了。"

我确定爷爷根本没把刚才说的"会合"的话当真，他这么说只是为了让爸爸不感到内疚。

显然，这是爸爸想听到的回答。

"罗莎，你看呢？"他问妈妈。

"走……丢下一切……"她喃喃道，心都碎了，仿佛她突然明白了"走"这个词的意义。

"我可怜的罗莎，"爷爷说道，"这就是犹太人的命运。走，总在走……两千年了，我们一直都在准备出发。也许这次，是最后一次了……"

奶奶悲伤地点头赞同。

爸爸于是问我："你呢，伊尔丝？"

我等的就是这个！

"我觉得他们说的对，我们应该离开。"我答道，不忍去看浑身都在颤抖的奶奶。

我的奶奶，我亲爱的奶奶！我的话是多么伤人啊！但我知道，我必须把它说出来，我必须完全同意您的想法！这正是您所期待的，否则，爸爸绝不会同意离开、同意把你们抛下。

但我再也忍不住了，扑进奶奶怀里。

"别为我们担心，"她用极小的声音说，"我们当然很难过，无比难过。但如果你们发生不幸，我们比这还要难过得多……知道你们平安无事，对我们来说，就是最大的安慰。"

"马丁，明天，你就去办签证！"爷爷以一种决绝的语气打断了她，"每分钟都很宝贵。我希望看到你们尽快离开。"

"去哪儿？"爸爸问。

"去英国，跟你妹妹会合。她已经在那里安顿下来了，她和雅各布都找到了工作，过得不错。你们应该不用多麻烦就能拿到签证。不然，就去美国。"

"为什么不去巴勒斯坦？"我不由得问道，这个目的地在我看来要浪漫得多。

全家人惊愕的目光聚集在我身上。

"巴勒斯坦！"爸爸说，"你不是认真的吧，伊尔丝！脱离苦海，再入苦海？那太疯狂了。"

然后他们就转过身去，背对着我。我再没有参与的权利了。

可是，如果真的要走，我愿意在那里安家。在迦南，上帝应许给我们的地方，流奶与蜜的地方，尤其是，不会有人把我赶出学校的地方……

我们的晚上以最忧伤的方式结束了。当爷爷奶奶起身道别的时候，我觉得他们一下子老了 20 岁。奶奶久久地抱着我，不断地亲了又亲。我多想他们随我们一起走啊！

柏林，1938年12月1日

八天没见，你一定为我担心了吧。

我没再拾起你，只是因为发生了一桩大不幸。爷爷奶奶来访后的第二天早上，有人发现他们死了，两个人都死了，躺在床上，手拉着手。他们的药房已经被关了很久了，但他们肯定保存了一些能让自己离开人世的东西。他们留下一封诀别信，说这样更好，亲爱的祖国的衰落，他们再也没有力量和勇气目睹。他们希望我们幸福，在他乡，无论何处，只要远离他们深深爱过的德国。他们还让我们不要悲痛，他们有过美好的一生，也有一个美好的结局，因为他们走的时候，对我们的命运不再忧心。

我们在痛苦中将他们下葬。爸爸吟诵着卡迪什^①，为死者祝祷，随后我们服丧七日。

从此，我亲爱的祖父母就在安宁中永逝了。只有这个想法能让我稍微好受些。至少，他们可以免遭一切暴行……但是我很难过，为他们的离去，为他们的牺牲。爸爸不停地指责自己接受了他们的建议。为了让我们多少感到些安慰，妈妈劝我们说，他们这个决定并不草率……如果那时我们知道他们在想什么……

柏林，1938年12月3日

爸爸在积极地操办着我们的出行，这多少能够使

---

① 译注：犹太教哀悼者的祈祷文，父母亲或近亲逝世之后，哀悼者要背诵这段祈祷文为期十一个月又一天之久。

他振作起来，帮他分担一些痛苦。

听到下面这件事，你该笑了：今天是"德意志团结日"！犹太人得到禁令，禁止在中午12点和晚上8点之间露出"他们长长的鹰钩鼻子"！

爸爸利用这个机会来检查我的功课，让我不停地学习了整整一下午。不要怪我，今晚我话不多，因为太累了。

柏林，1938年12月5日

白天我大部分时间都在卧室里阅读和胡思乱想。我不再见任何人……也不再有人来看我，没人对我、对我将会怎样感兴趣。好像我在任何人心里都未曾存在过。

但幸好还有他，他！我从窗户看见了他。每天早上，他打扮得整整齐齐，骑上自行车，行李架上夹着书本。他大概有十六七岁。我以前从没注意过他。他不知道我的存在。我窥视着他的往来。快4点的时候他从学校回来，然后很快又走出家门，穿着制服：褐色衬衫、黑色短裤、皮带、卐字臂章。我知道这么说很可恶，但我的确觉得他棒极了！对我来说他同时是绝美和绝对恐怖的化身。他金发、蓝眼，高大、精瘦，行动间有运动员的风度，是个完美的雅利安人。一个外表如此完美的男孩，怎么能献身于纳粹这样恐怖的事业呢？当然，我没有任何机会与这样的男孩交往。我甚至想，如果我交往一个，不论是谁，会怎么样；鉴于目前的形势和我的与世隔绝，这太危险了，最起码在未来的几个月中会很危险。但是观察他、偷看他的往来令我很开心。尤其是在他一点都不知道我在窥视他的情况下。他是叫汉斯吗？他长着一张应当叫作汉斯的脸。

由于除了阅读之外无事可做，我就贪婪地读爸爸带回家的报纸。谁会相信呢？谁会相信有一天，我伊尔丝竟然开始关心政治、关心世界局势……我确信如果我把这事告诉赫尔佳，她会笑死的！我不断想到她，希望得到来自她的消息……

我在报纸上读到，"水晶之夜"是一场所谓的国民自发反抗运动，是对德国驻巴黎使馆职员被杀一事的回应！一个17岁的波兰籍犹太学生对使馆职员开了枪，因为他的父母被从德国驱逐到波兰的难民营里，他痛苦得快要疯了。当我把这事告诉爸爸和妈妈时，他们说这个犹太青年很可能精神失常了，他无法考量自己行为的后果。可我认为他极其勇敢，他的举动高尚而壮烈！如果所有犹太青年都敢对纳粹开枪，这就是胜利。哦，如果有人敢对希特勒开枪！

我试着把自己的想法解释给爸爸听，他差点没发火。他对我说，我的反应仍然像个小姑娘，还说我最好学着成熟起来！

老实说，日记，有时候我真想知道到底是谁不够成熟！

柏林，1938年12月8日

哦，亲爱的日记，我的心仍然狂跳不已！你知道，今天早上，汉斯准备跨上自行车出发，可发现轮胎是瘪的。当他打气的时候，我也不知道怎么回事……他难道感觉到了有人在观察他吗？他突然停了下来，向四周看了看，最后抬起头，望向我的窗口。我甚至没想到要躲到窗帘后面去。他没有任何理由朝我这边看啊。我呆愣在那里。他看着我，虽然只有那么一会儿时间，可我觉得长得没有尽头，然后他对我点了点头。亲爱的日记，知道我有多蠢吗？我居然在这个时候藏了起来！多羞耻啊！他肯定会觉得自己在跟一个傻子打交道！

此后我再也不敢站在窗前了。

✺

柏林，1938年12月10日

爸爸决定了，我们去美国。

"可是，马丁，我们几乎不可能拿到美国签证！"

21

午餐时，妈妈反对说，"他们的移民限额少得可怜。"

"我知道，"爸爸承认，"但是我有关系，这里、那里有些熟人，他们答应帮我。要抱着希望，罗莎。而且要准备好尽快出发，甚至可能很突然，不是今天就是明天，除了简单的日用品，别的什么也别带。万一我们拿不到美国签证，我听说在伦敦成立了一个互助会，帮助学界的犹太人。那样我们就到英国和我妹妹会合。"

妈妈的目光里带着绝望，她望向一旁，不愿我们看到她的神色，却没有逃过我的眼睛。她内心柔弱却总在宽慰别人。可怜的妈妈！她默默忍受了多少痛苦和焦虑，却始终努力保持和颜悦色！

"罗莎，我知道你的感受。我们还年轻，还有精力。我们到别处重建生活。我发誓将来我们会幸福，至少会跟在这里过得一样幸福。我们已经不属于德国了，我们在这里有危险，死的危险！"

爸爸说得完全对。只要到街上走走，就知道我们的灾难只不过刚开了个头。城里的墙上、电车上、商店的橱窗上，到处都有他们张贴的可怕标语："买犹太人的东西就是背叛人民"或者"此地不欢迎犹太人",还有很多类似的。我走路的时候都低着头不看,假装这些东西不存在。可是,亲爱的日记,相信我,这样做很难。我受了很大的伤害、很大的羞辱。总之,我更喜欢躲在家里。

爸爸进进出出的次数越来越多,为了各种各样的手续。他看上去越来越沮丧、气馁。

今天中午,他对妈妈和我说了实话。

"我担心已经太迟了,他们不让我们走。"

一阵颤抖传遍我的全身。留下来做纳粹的囚犯?如果是这样,我会拼死抵抗。但我才13岁,我想活!每天,我们都能听到一个比一个更加恐怖的消息,比如可怜的犹太老人们所受的折磨,纳粹烧他们的胡子、当街毒打他们、扯掉他们的帽子。多么卑鄙无耻的行径!更不用说那些被他们逮捕的人,从此音信全无。爸爸不让我和妈妈出门上街。我们成了囚禁在自己房间里的犯人。妈妈做针线活来打发时间。她把旧裙子给我改制成新的。可我何时何地能穿上身呢?

　　而我，则像游魂一样在屋子里飘来荡去。我以前绝不相信有如此无聊的时候。街上，人们在准备过圣诞节。啊，以前我多么喜欢这样的气氛啊!

　　以前……结束了! 只要想到这，我的心就会痛苦地缩成一团。

柏林，1938年12月12日

　　亲爱的日记，我仍然浑身发抖……我必须告诉你。我正在安静地读书，突然听到房间玻璃上传来一声闷响。我吓得大叫一声，怕这是又一个"水晶之夜"的开始，我赶紧冲到窗前。我惊呆了，猜我看见了谁? 汉斯! 就是被我称作汉斯的那个人，他正使劲打着手势要我打开窗户。你认为我会怎么做? 我向你保证，我这次没有藏起来，而是把窗户打开了!

　　"嘿，我能知道你为什么偷看我吗?"他问我，语气稳重，与他的制服很相称。

"没有，你胡说什么！"我反驳道，"我为什么要偷看你？你把自己当成什么了不起的人物啦？"

我发现，他那十分自信的神色消失了。

"好吧，我也不知道，我觉得你整天都在窗户后面偷看我。"

"老实说吧，我每天有更重要的事情要做呢，哪有工夫看你。"

"你不上学？"

这个大傻瓜不知道我被禁止上学了吗？一开始我这样想。但接下来，我确信他不知道我是犹太人。显然我没有鹰钩鼻子，该长指甲的地方也没有长利爪，跟海报上画的犹太人不一样，他怎么能认出来？再看看我的红棕色头发和绿眼睛，这可能性更小了。显然，我完全能骗过眼前这个敌人。

"你生病了吗？"他追问道。

"是的，算是吧！"

"什么病？"

"鼠疫。"

"鼠疫!"他大吃一惊,嚷出声来,"我还以为这种病已经灭绝了。"

"我以前也这么以为!"

然后我猛地关上窗。他肯定把我当成一个疯子了!可我不是疯子,不是,只是染上了疫病,我不知道得了鼠疫是否会比现在这种状况更糟糕!

❀

柏林,1938年12月15日

爸爸回来了,神情沮丧至极。

"美国使馆每天都被申请签证的人围得水泄不通,从早上6点一直到晚上。而且,想拿到签证,必须在那边有亲属,用宣誓书做担保。"

"用什么?"我问道。

"宣誓书。是一种官方文件,证明在目的地国家的亲属保证向移民者提供经济支持。而且,要想在那里找到教授职位，离职最长不得超过两年，这不符合我的情况。排队的时候，我遇到了很多知识分子、熟人、以前的同事。因为条件不够，有的人出于无奈，打算试着当仆人被雇到英国去，夫妻两个一起。很多富裕家庭都同意这样来帮助德国犹太人。你怎么看，罗莎，去做仆人？"

"仆人，不，但是我们可以去找你妹妹。我不懂你为什么那么固执，一定要去美国！"

"因为我不想成为妹妹的负担，而且我认为在美国出路更多，就是这样！"

妈妈像以往一样，只是叹气。

至于我，我爱爸爸，但有时候，却不能理解他。我觉得现在不是要骄傲的时候。他自己不是也说过，这是生死攸关的问题吗？

英国吸引着我，玛莎姑姑留给我的回忆是灿烂的。当爸爸告诉她祖父母死讯的时候，费了很大的力气才打消了她回柏林参加葬礼的念头。她恳求爸爸到伦敦来与她会合，一家人，或者至少家里剩下的成员，就可以团聚了，在一个每天早上醒来不用怀着恐惧，不用为自己和家人性命担忧的国家里！

✶

柏林，1938年12月20日

我忽略了你，日记。我做什么都没有心情。就连汉斯的来来往往也提不起我的兴致。如果我们不立刻离开，我恐怕会疯了。

早上，睁开眼睛的时候，我对自己说，喏，结束了，一切都只不过是场噩梦。你应该去洗漱、穿衣，跟爸爸妈妈一起在厨房吃早饭，然后和最好的朋友赫尔佳一起去上学……

但这不是噩梦。是现实！

妈妈常常哭。

我也是，但我藏起来哭，我不想加深他们的痛苦，他们的烦恼已经够多了。

柏林，1938年12月31日

我从没想到会这样，在这样悲痛甚至绝望的心情中过节。午夜时分，犹太人肯定不敢互祝新年快乐。也许我们会说："希望即将来临的一年没有之前的那么可怕！"

柏林，1939年1月6日

今天，爸爸好像又充满了信心。

似乎仍有希望拿到古巴签证。

"他们开出了天价，不过我们有我父母的钱。不管怎么说，得动作快一点，不能再犹豫了！"他说道，语气坚定而确信，"不能再挑三拣四了。哪里还能去、哪里还要我们，我们就去哪里。古巴如此，我们就去古巴。"

妈妈并不太同意爸爸的这个主张，她的脸上显出了忧惧的神色。至于我，我倒不在乎。更何况，我同意爸爸的意见。现在的关键是离开，离开这个国家，在一切变得太迟之前。

对了，只顾这些叫人发愁的事了，我发现自己再也没提起过汉斯，其实他不叫汉斯而叫格拉德。他知道我是犹太人，但这似乎并未给他造成什么影响。每天晚上，从学校回来的路上，他都响起车铃，我们聊一会儿。时间并不太长，因为窗前既不太舒适又不怎么隐蔽。我不敢出门上街，尽管他一再相邀。这是个非常好的男孩子，他说他厌恶现在发生的一切。

"是的，我为我们国家正在发生的事感到羞耻！"有一天晚上，他对我肯定地说。

"在你的国家，"我纠正道，"再也不是我的国家。"

"我为你感到难过，伊尔丝，真的。"

"那你为什么穿着这身制服？"

"为了能安安生生！"他红着脸跟我承认道，"这是让我免受骚扰的唯一方式，你懂吗？我发誓他们的那些教导跟我一点关系都没有。我喜欢书、音乐、诗……其余的，我不在乎。要知道并非所有德国人都是纳粹。"

"我知道，"我回答道，"但是所有人都不说，所有人都怕。"

他点点头，表示赞同我的想法，然后就回家了。我相信他是由衷地想替我分担痛苦。知道街那头这个几乎陌生的男孩子在关心我，我的心里暖暖的。

有一天，无疑就在不久的将来，我将不再回应他的铃声，因为我已离去。我们的离去应该是秘密的，但我想他会为我高兴的。

最终，格拉德将成为我在德国最后的也是唯一的美好回忆。

柏林，1939年1月17日

我们的生活前途未卜。显然，对于犹太人来说，离开德国变得几乎不可能了，除非偷渡。

日常生活只是一长串的禁令，专为犹太人设立的苛捐杂税，把我们压垮了。

妈妈不得不把从她祖母那里继承来的银器卖掉。她为此痛惜不已，我们再也无权拥有一辆自行车、一台收音机。

而我则整天焦急地守候着爸爸的归来，生怕他像好多人那样被逮捕。我很害怕只剩我和妈妈两人孤零零地在一起。

格拉德努力想让我振作。

他从不会忘记对我点点头，或者送来一抹微笑，做一个友好的手势。这对我来说已经很丰厚了！

柏林，1939年1月30日

爸爸甚至不再告诉我们他的活动了。

"只要我口袋里还没有车票，就没必要让你们白白地盼一场。"他这么跟我们说。

妈妈陷入了可怕的沉默。

而我，我每天几乎什么都不做。我拒绝再读报纸，什么书也无法让我集中精力，我甚至什么都不想写。

有时候，我对自己说，我应当强迫自己把这些都写下来。也许将来某一天，亲爱的日记，有人会找到你，而那时我很可能已经和我的家人一起消失了，也许纳粹已经把我们杀了。那时你将会成为证据、成为见证，人们就会知道这一切曾经存在过。

这就是为什么我要努力更经常地写，尽管很艰

难，尽管我的眼泪从我翻开你的那一刻、从我合上你
的那一刻，总像断了线的珠子一样。

✺

今早，赫尔佳在我家门前转来转去，她不断朝我
窗户的方向瞅，但我很小心地隐藏了起来。

如果她真想见我，只要按门铃就行了！

不管怎么样，我都不想和她讲话，听她给我讲她
那雅利安人的舒适小日子，给她讲我那疫症病人的日
子。但是格拉德来了，我看到他们在一起说话。

接着他摁响了自行车铃。我没有理会他。

赫尔佳不再是我生活的一部分。

格拉德想知道为什么昨天我没有回应他的铃声。

我告诉他我对赫尔佳的看法和她对"友谊"的理解。

他明白了我的感受。

但接下来他承认，他们班里也一样，犹太人被赶走了，没人关心他们。而后他补充道：

"我爸爸的合伙人，也是他最好的朋友，就是犹太人。几个月前，他们一家离开德国，去了澳大利亚。我爸爸一直和他保持联系，对他十分怀念。但这并不影响他赞同纳粹主义的观点。我不知道，如果他的朋友处境危险，他会怎么做……"

格拉德的眼神黯淡了下来……我懂了，他并不确信他的父亲会为一个犹太人冒险，哪怕那是他最好的朋友……

柏林，1939年2月26日

写和讲述对我来说越来越痛苦了。

亲爱的日记，不要怨我，我多想告诉你我们最终出发在即。我多想这成为可能。爸爸对此越来越不相信了。如果没有爷爷奶奶的钱，我们可能早就成了乞丐。

今天也是，对你只有这几行字了。

我想，只有向你宣布大喜讯的那一天，我才会再拿起你，如果这一天会到来的话。

柏林，1939年4月14日

言而有信！

近两个月的沉默，真长。

但我今天要告诉你的事是如此不可思议，像个传奇！

还不是完全确定，但如果一切顺利，我们很快就要去哈瓦那了，古巴的首都！

希特勒疯了！比以往更加疯狂！他批准了他亲爱的部长戈培尔的意见，允许犹太人自由离开德国，但要交出一切财产。交出一切财产，在为报答帝国的慷慨支付了高昂的税赋之后！

都拿去吧，我不在乎！除了绝对的必需品，我什么都不想带。我不想留任何纪念。

第一艘装载一千名犹太人的船不久就将起航。

我无法相信！

妈妈认定这是个陷阱，我们都会被押送到他们可怕的集中营里去，或者他们会在大海上把船炸毁。

她也许有道理，但是我们有选择吗？

爸爸说他会尽全力拿到船票。

离成功还很远，我知道，上了船才算成功，但至少我们重新有了希望。

柏林，1939年4月16日，入夜时分

爸爸今天去了古巴领事馆，在那儿排了一整天的队。

他拿到了我们的三张入境签证，这是第一个胜利，迈向**自由**的第一步。

现在，他要去买船票了。

上帝啊，保佑他成功吧！

柏林，1939年4月20日

找到一家还有船票的旅行社几乎不可能。船票都被争抢一空了！

多少事让人心焦啊！

柏林，1939年4月22日

　　还是什么都没有。

　　照例的绝望。

　　爸爸已经毫无办法了，但仍然没有放手。我多为他骄傲、多敬爱他啊。他尽可能地在我们面前掩饰自己的忧虑，但谁也骗不过，妈妈和我都确切地知道，我们的处境非常危险，而且脱身的机会渺茫。但我们都假装仍然有信心！

柏林，1939年4月25日

　　今晚有人意外到访。爸爸以前的同事施里博

夫人来看望我们，这是一个坚决抵抗纳粹的人，但是她对我们说，她害怕，像所有人一样。她有一个开旅行社的弟弟，她从他那里得知有一艘船要开往古巴，她立刻就想到了我们，让他给我们留了三个位子。

爸爸明天一早就去旅行社，在第一时间就去。

她一个挨一个地将我们搂在怀里，祝福我们好运。

爸爸哭着送她出门。

希望，希望重燃。

柏林，1939年4月26日

爸爸一到家就从包里取出三张去哈瓦那的船票。

"真险！我拿到了最后三张！"

一张小纸片在我们眼中从未如此珍贵！

我们仍然不敢完全相信。

剩下的只是买去汉堡港的火车票了。

出发的日期是 5 月 13 号星期六。

13 号！这个数字会给我们带来好运吗？

现在还不到时候。

必须耐心等待，在害怕事态转变，害怕当局主张发生变化、收回成命，害怕颁布新法令、新禁令的焦虑中耐心等待。

怎么坚持下去呢？

对了，我忘记告诉你最要紧的了：那艘将把我们带到世界尽头、救我们于水火之中的船，叫作"圣路易"号。

柏林，1939年4月30日

因为害怕任何一个人被捕，我们都尽量避免外出。妈妈要我把自己的东西挑拣一下，只带绝对必需

的东西：主要是衣服，以及一两样我特别留恋的东
西。这个工作我很快就能做完，那些把我跟这个该死
的国家联系在一起的东西，我一点都不再留恋。我只
会随身带上我的日记、我的小音乐盒（这是爷爷给
我的最后一件礼物）和两三本书。其余的，我留给
他们！

柏林，1939年5月6日

　　明天我们出发去汉堡。爸爸费了很大的劲才找到
一家接收犹太人的旅馆，但他们要价非常高！如果没
有爷爷奶奶的钱，我们就不得不睡大街了！

　　怎么跟你描述我现在的状态呢？

　　我今早还见到了格拉德，我不能不声不响地就离
开。我等他从学校回来，就示意他在我家门前等我。

　　"等等！别走！我就来！"他边跟我说边冲进了自

己家。

几分钟之后他出来了，手里拿着一个本子。

这是我们第一次这么近距离地见面，他一下子变得那么高大！

"给，送给你！"他对我说。

"这是什么？"

"我的诗歌集。我最喜欢的诗，我把它们抄录下来……"

"为什么要送给我？"

"为了让你记着我，记着德国……你会读到很多海涅的作品。海因里希·海涅……你知道吗？"

"哪个德国人不知道海涅？他是犹太人，你知道吗？"

"知道。但是他改变了信仰……"

"被迫的！否则，他就要受到德国大学里强加给犹太人的种种限制……"

"但这也没有使他的作品逃过被焚毁的厄运……"

然后他引用了海涅的诗：

"焚书之处，终将成为焚尸之处。"

我们沉默了，我簌簌发抖。

"对不起，我并不想……"

为了转移注意力我翻开了本子。

"不，现在不行！你以后再读。我只是希望，它至少能让你对德国留下一个好印象！"他在我耳边说，然后在我的面颊上留下轻轻一吻，"好运，伊尔丝！祝你和你的家人好运！我真希望能在别的情形下认识你……记得跟我联系！知道你安全我会很高兴的。"

这是我在柏林的最后一夜！在自己的卧室、自己床上的最后一夜，我所置身其中的一切从我生下来就环绕着我，构成了我的生活。一直以来我们就住在这里……这些事物提醒着我曾经的生活多么幸福，怎么能忘记之前舒适的生活呢，被亲人们包围着，有爸爸妈妈、可怜的爷爷奶奶、玛莎姑姑、她的丈夫以及他们的两个孩子！还有那么多的朋友……所有这一切全都消失了，被吞没了！

怎么能不悲伤呢？怎么才能摆脱这种一团糟的感受呢？

但我不会哭，一滴眼泪都不会流。我所爱的一切都曾存在过，但却都已不再！他们能抢走一切，但抢不走我们美好的回忆、抢不走我们对幸福岁月的记忆。除此之外，没有必要被其余的东西困扰。

明天，我们将开始新的生活！

汉堡，1939年5月7日

亲爱的日记，我累垮了，但是还不能睡，我要先跟你讲讲这纪念性的一天！

今早，我们在刺骨的寒风中离开了柏林，那个彻头彻尾敌视我们的柏林！在火车站，卐字标绷紧了我们的神经，我们大约一百来人，夹在成堆的行李箱中等车。只有我们这些孩子欢快地吵吵嚷嚷，为即将到来的冒险而雀跃，却不断被父母们粗暴地制止，父母们目光忧虑、表情僵硬，眼里还含着恐惧的泪水。

"直到最后一刻，我都以为他们会阻止我们上车!"爸爸说出了心里话,重重地跌坐在座位上,他身旁是克莱恩先生。这是一位很久之前就失去联系的老朋友,爸爸很高兴能在火车站与他重逢。

与他同行的是他的妻子还有儿子埃里希,一个比我稍大些的男孩子。

我们结伴而行。妈妈之前并不太认识克莱恩太太,这次一下子就熟了。我想,对于她们来说,能够互相诉诉苦、共同分担不幸,是一种巨大的宽慰。埃里希和我却并非如此……他难得跟我说句话!他可不能算是个好旅伴。但我不在乎!我长久地沉浸在对格拉德的鲜活的回忆中,他的微笑、他温暖的嗓音、他蔚蓝色的目光。

在去汉堡的乘客当中,我看到好几个跟我年纪相仿的女孩子。我想我们有充分的时间在船上彼此结识!

现在我们三人在这个旅馆的房间里安顿了下来,房间既宽敞又舒适。妈妈和爸爸已经睡了,那么多的磨难和忧虑使他们精疲力竭……今晚,他们可以安稳地睡个好觉了。他们多久不曾这样了!

我却如此兴奋……

兴奋，当然，也很疲累，我猜我一关上床头灯就会睡过去。

还是汉堡，1939年5月10日

时间好像无比漫长！我们不可能到汉堡街上漫步或者去观光，这座城市不比柏林友好多少。我们在这个旅馆房间里等得心焦，像困在笼子里踱圈的熊。

幸好我有格拉德送的诗歌集。

他抄录的第一首诗是《日耳曼，冬天的故事》的片段。我也从中抄几段给你：

　　那是在忧伤的十一月

　　朝着德国，我踏上归途……

　　一听到有人说德语，

奇特的欢乐便俘虏了我;

我似乎感觉到我的心

在巨大的欢乐中淌血……

我不会这样。纳粹玷污了一切,甚至是我美丽的德语,让他们从此用它去号叫吧。

仍然在汉堡,1939年5月12日

重要的日子在即。我们明天起航!

我不知道有一天会不会再回到德国。我希望不会,我再也不会回来了!

我想忘却这个国家,在别处,成为另一个伊尔丝……显然,我们在古巴待的时间不会长,一拿到美国签证就离开。但也许我们会喜欢古巴呢?也许我们在那里很受欢迎,以至于再也不想离开。我不知道古巴有没有犹太人……我对那个国家一无所知。爸爸的确给我讲过那里大致的情况，但地图上的一个小点又能代表什么？

我想靠自己去发现。

生活是多么奇怪。不久之前，如果有人说我有一天将被驱逐出德国，去古巴生活，我一定会认为他是个疯子！

"圣路易"号，1939年5月13日，23点

亲爱的日记：

尽管我的眼皮打架、手指握不住笔，但是奇妙的旅程开始了，我不愿遗漏其中的任何一个细节和瞬间。一切都不可思议。我们不相信还能拥有现在这样的幸福时光。20小时前我们拔锚起航，马达的轰鸣是我听到过的最美妙的音乐。

我和爸爸妈妈在一间豪华舱里安顿下来……看我，一上来就先说结尾，实际上这天的每一小时、每一分、每一秒都值得讲述。

早上我们很早就醒了，想到登船起航的时刻终于到来了，大家都满心欢喜。我们来到港口，离登船时间还早，没关系。

登船之前，我们必须先到76号库去取登船卡，出示我们的护照，护照上盖着官方的J字图章，表明我们是犹太人，盖这种图章肯定是生怕我们会忘记这一点！

阿帕格德国海洋公司的"圣路易"号矗立在眼前，我们惊呆了！庞大，因为它的船体似乎望不到边……威武，因为它涂成红、黑和白三色的烟囱高耸入云……而且可怕，因为它的纳粹旗帜，卐字飘扬在风中……但它是如此的壮观，因为它最终还是赋予了我们希望！

"如果这一切都是陷阱？"妈妈不禁低声说。

"纳粹为什么要让我们吃了那么多苦之后，再给我们一次这样的旅行？"我们和克莱恩家在海关重新会合了，克莱恩夫人听到妈妈的话，害怕得浮想联翩，"何况今天是13号，又是安息日……"

"走吧，女士们，镇静……"爸爸试图使她们平静下来，"现在局势至此，我们已经无路可退。不管命运如何，都不会比这里等待我们的更糟。我替那些不能及时离开德国的犹太人担心，他们恐怕会遭到不测。"

然后他又补充说，声音更加低沉，像是在自言自语：

"'水晶之夜'只不过是个开始，一个简单的概括，让我们知道他们什么都干得出来。"

相信只有我一个人听到了他那恐怖的预言。

爷爷奶奶死后，我一直尽力不去思念他们，但是此刻，他们的形象仍然浮现在我的眼前，从今往后，再也不会有人到他们的坟前默思祝祷。犹太墓地一个接一个地遭到践踏，他们的坟墓能否幸免于难……

泪水滚落，我任由它流淌，以此来求得解脱，彻底的解脱。

在海关，我们挨个被搜身、谩骂和羞辱，甚至还有人挨了打，我们的行李被翻得底朝天，甚至遭到踩踏。

有一天我问爸爸："为什么我们毫无怨言、毫不反抗地忍受这一切？"

"因为他们是最强的一方，亲爱的。因为我们没有防卫、没有武器。因为他们攻击的是妇女、孩子和老人，都是些性情温和的人，从没有人教过他们怎么打架。"

我正在回味这番话，一个年轻人，甚至可以说非常年轻，开始检查我的箱子，他把所有的物品都倒在地上，一边踩着我的内裤，一边看着我笑。我也看着他，直视他的双眼，一句话也没有说。他猛地停下，弯腰捡起所有的东西，乱七八糟地放回去，合上箱子，对我说：

"好了，你可以走了。"

太幸运了，他有可能翻到格拉德的笔记本，尽管这本子没有任何可"禁止"之处，他仍有可能产生没收它的念头。

至于你，我亲爱的日记，你不会发生这样的危险，因为我小心地把你藏在了大衣衬里中。

我希望从今以后，再也不需要隐藏你了。

希望我们当中谁都不需要隐藏自己。

希望我再也不经历这样的侮辱！

当我们最终来到舷梯脚下时，我有的只是急切的心情：登船，永远离开这片土地、这个国家、这些人……

"上帝啊，我多希望已经在船上了啊！"我情不自禁地说，正好埃里希就在我身旁。

"我也是！"他叹息道，"我希望在船上不会遭到这样的对待，到了船上除了跳海，我们可就无路可逃了。"

他看出自己的话把我吓住了，便冲我微微一笑，这是第一次，这个微笑对我来说就像是一口氧气，像是自由呼吸的开始。我相信我会永远感激他，感激他带给我的这个微笑，在这个什么都不能再使我高兴起来的时候。

接着，他对我说：

"伊尔丝，别摆出这副嘴脸！我开玩笑呢！如果连开玩笑的权利都没有……"

然后他俯过身来，在我耳边悄声说：

"跟爸爸妈妈一起可不能开玩笑，是吧？看看他们的样子多糟糕，可怜的人！"

他说得对，我们都不忍心看一眼可怜的爸爸妈妈。忘掉不幸，哪怕很短暂，对我和他的精神来说都是非常有益的。

我也回报了他一个微笑。

埃里希跟格拉德一点都不像，我不认为自己会喜欢上这样一个沉默寡言的男孩子，但不论怎么说，他起码会是一个很好的旅伴。

我们在原地踏步中等了好几个小时。

当我们终于踏上舷梯的时候，我感到了从未有过的喜悦。

"永别了德国！永别了纳粹！"我想大喊。

一个穿白衣的服务员走过来，问妈妈是否需要帮忙拿行李并陪她去舱室，你要是能看到她当时的表情就好了！她惊呆了，看到她呆愣的神情，我们爆发出一阵大笑！几个世纪都不曾听过这样的笑声了！

我想把发生的事全都记录下来，为了不要忘记，

但这是徒劳；困倦淹没了我。船舱这么舒服，被单这
么干净、清香……

我明天再写……保证！

天色尚早。我的床靠近舷窗。多美的景色啊，亲
爱的日记！天边，太阳的第一道光芒把大海染得橙
红。尽管很疲劳，我却睡得不香。是因为想到即将开
始的一天、想到即将开始的生活而激动吗？总之我就
这样再也无法入睡了，于是便利用这个机会继续昨天
的讲述。

从踏上甲板开始，惊喜便接踵而至。

首先，是船员们对我们的友善和尊重……

我们终于忘记了自己是一种与众不同的人……

总之，我相信，在德国度过的最后几个月是一段

插曲，自此呈现在眼前的新生活很快就会使我忘却。

我们首先发现的是我们的舱室，宽敞、舒适，甚至可以说奢华，像在一家大宾馆里！亲爱的日记，接下来我的话可能很吓人，但是我决定全都告诉你，包括我脑子里偶尔冒出的最荒唐、最离奇的想法：就此，我想，如果没有希特勒，我肯定永远没有机会来到一艘梦幻似的轮船上，永远不可能感受这样大的幸福……

我几乎没有时间打开行李箱。我急切地登上了甲板，看我们怎样起航，尤其是看我们怎样远离这个被诅咒的国家……

无法找到确切的词向你描述甲板上的气氛，我们聚集在一起，19点30分，船开始离岸。缓缓地，如此之缓……爸爸妈妈拉着手，我被紧紧拥在他们中间，我无法忍住眼泪。相信我，落泪的不止我一个！接着，突然间，有音乐传来，乐队奏响了一首脍炙人口的曲子。

"听，罗莎！"爸爸说，"他们在演奏《我不得不背井离乡》，一位很有幽默感的船长！还是个德国人嘛！"

我们三个都笑了，看到爸爸也恢复了他的幽默和好心情真是太好了。看到妈妈微笑、心情放松真是太好了。

大部分乘客因为劳累和激动而十分疲惫，想早点回舱室，在晚饭前休息一会儿。但孩子们的脑子里只有一个想法：出发去探索这艘大船的每个角角落落。我也很想去，但我不再是孩子了。于是我留在了甲板上，和埃里希一起。

夜幕降临，天空变成了紫红色，海风轻柔地吹着。远处，海岸只剩下星星点点的光。我们没有说话，在情感的共鸣中分享这一刻。

"我曾经多么爱这个国家！"他终于开口对我坦白。

"我么，我爱的不是这个国家，这个德国。我所爱的已经死了，离开这个国家我一点都不后悔，真的。"

"对，我也一样，不后悔……"

不知道为什么，这个男孩让我感动。哦，跟格拉德一点都不一样，当然！他没有格拉德好看，身上却有某种东西……

好啦，爸爸妈妈醒了。我要扔下你了，亲爱的日记，接下来的事情稍后再讲。关于这个纪念性的5月13日，我还有很多要向你讲述的。老实说，我觉得它永远是我生命里最美好的一天。它将成为一个生日，我每年都会庆祝，直到我的生命终结。

当我老了以后，我会告诉我那些有幸生于他乡的子孙们，这一天对于"圣路易"号上的乘客来说是重生。

"圣路易"号，海上某处，1939年5月14日，午后

在一张朝向大海的躺椅里，我舒舒服服地坐了下来，继续我的讲述。

"我把自己的胳膊都掐紫了。"一位夫人昨天晚饭时说。

所有的人都笑了。

昨天，在餐厅里，我们结识了这艘船的船长，施罗德先生。"一位十足的绅士！"人们这样评价他。

说到菜单，我忍不住要在这里给你摘录一段：

"烤面包加鱼子酱、鸡肉浓汤、米拉波鳎鱼、罗西尼里脊、焦糖奶油、覆盆子冰激凌、水果、咖啡、茶……"还有洁白的台布、发亮的餐具、闪烁的银器。

所有这些乐趣，我们早已忘记它们的滋味了！

船上还有很多事情可以做，我们简直有些不知所措：日光浴、乒乓球、排球、迷你高尔夫、体操，甚至还有游泳池！但很少有人带泳衣！我们被禁止进游泳池已经很久了，谁还会生出买泳衣的怪念头！

游不游泳都没关系！还有那么多别的娱乐项目呢！

乘客中有很多妇女和孩子，其中有些人独自旅行，到古巴或美国去和亲戚会合。我真想交个朋友，我必须迈出第一步，埃里希一个人待在角落里读书，但从未离我太远。我猜他是故意的。

我觉得我们已经是朋友了，这是个古怪的男孩子，真不知道该怎么跟他打交道。

"圣路易"号，1939年5月15日，一大早

我们已经过了英国的海岸，正在靠近法国的瑟堡港，在那里会有新的乘客登船，听说是三十来个从西班牙内战中逃出来的难民。说不定在他们当中，我能认识一个乐意教我西班牙语的漂亮小伙子！

德国已经被我们远远抛在后面，没有人再为它哭泣了。

我睁开眼睛做的第一件事就是望向舷窗外面。我已经忘记了凝望风景所带来的简单的幸福。我已经忘记了世界有多么美丽……而人类有多么丑陋。

1939年5月15日，午饭后

好了，我交了不是一个朋友，而是两个！洛蕾比我小一岁，露特比我大一岁。她们已经互相认识了，看到我独自一人，就问我愿不愿意和她们一起，我很爽快地答应了。开始时，我们讲述了自己的生活和遭受的不幸。最终发现我们三个都经历了相同的恐怖，但露特的遭遇更加曲折。她家本来有一幢很漂亮的房子，可是一家人被赶了出来，赶进犹太人聚集区一间肮脏的公寓里。我相信如果这事发生在我们身上，妈妈一定会忧伤而死的。露特的父亲是位医生，在大街上被殴打、逮捕，并被押送到了达豪集中营，在那里遭受到了最野蛮的对待。正在露特和妈妈认为再也见不到他的时候，他却终于回到了家，但是整个人的状况很可怕。

"我从没想到会看见爸爸这样！"她对我们坦白，

"他曾经多么令我骄傲啊。所有人都爱戴他，他的患者、朋友、家人！当他被放出来的时候，他就像一只被围捕的猎物。他们给他 15 天的时间离开德国，直到上船前的最后一分钟，我们都觉得他会被重新抓起来。"

我们默默地听她说。

但很快，露特说：

"够了，现在不要再提这些了！这一页翻过去了。珍惜现在，珍惜在这里的机会！并不是所有的人都有这样的机会。"

她的目光模糊了，像我们大家一样，她的身后，肯定也留下了她珍视的亲人……

她摇了摇头，好像要把悲伤的想法赶走，她一人一只胳膊拉住我们。

"去运动场吧！"她建议，"那里有漂亮小伙子！"

我跟在她们身后，不由得朝埃里希的方向看了一眼。

他看起来很孤单，我立刻对我的新朋友们说，我要把他介绍给她们。

"为什么不呢?"露特说,"人越多,越开心!"

我于是朝埃里希示意,他立即同意加入。

在泳池附近,又有几个女孩子和男孩子加入了我们的小群体。

今晚,好像有舞会!

洛蕾、露特和我都很激动。

有个大问题:"我穿什么?"谁也不敢说自己有很多条礼服裙。近来除了买衣服之外,我们还有其他的事要操心!幸亏妈妈为我准备了几乎全新的行装,这段时间她为了排解焦虑的心情,并准备可能会到来的出发,拆了旧裙子,用东拼西凑的布料做了新的……因此我有几套不错的衣服,肯定非常适合今晚的舞会。尤其是一条非常漂亮的小灰裙,是用奶奶给的一块布料做的,非常的丝滑。妈妈也用这块料子做了一身套装,就是她今晚穿的那一身。对我们俩来说,这有点像是在奶奶的陪伴下参加晚会。

就像爸爸说的:

"你知道吗,我们同在,此时此地。"

"当然!"妈妈回答,"她的年纪正是要漂亮的时候。"

"对,确实如此!我真心希望她以后只操心这样的事。她经历了太多难以承受的忧虑。但那些都过去了,伊尔丝。"

他的声音颤抖起来,就像刚刚意识到我们得救了一样!

这就是我们从此以后的生活。我们不断地收获惊喜,所有这些失而复得的小幸福!

近中午的时候,我们在瑟堡靠岸了。

难民们上了船,主要是妇女和孩子,没有漂亮小伙子……

"圣路易"号,1939年5月17日

大船载着乘客们全速向前,平静地驶向新生活。

洛蕾、露特和我成了形影不离的好友，我们互相发誓，无论各自旅途的终点是哪里，我们今后都不会失去联系。

我觉得跟露特更亲近，她只比我大一岁，但讲话像个大人。

"我的梦想不是古巴，也不是美国，"她对我们说，"我们只要设法离开德国，目的地并不重要。我父母很清楚，除了巴勒斯坦，别的地方我都不想定居，那是世界上唯一一个国家，我可以说：这里是我家！"

"你到那里做什么呢？"我问她，满心尊敬和羡慕之情。

"我会在基布兹①开荒，做个农民，我会在地里干活，我也要嫁一个农民，又高又帅，跟他生六七个漂亮孩子！"她笑着说。

"我也是，我跟父母提议说去巴勒斯坦。只是，没人把我的话当真！"我对她坦言，"但其实，住在哪个国家对我来说无所谓。对我来说最重要的是，别在

---

① 译注：犹太人的农业合作组织。

恐惧中醒来。永远别再经历这样的恐怖！永远别再被驱赶！你呢，洛蕾？你未来的计划是什么？"

洛蕾是个非常美丽的女孩，金色的头发、蓝色的眼睛，梳着德国流行的发型，发辫围着头盘起来，她既爱笑又稳重。

"我么，我想去非洲，去丛林里，养小猴子。"

看到我们惊讶的模样，她大笑起来。

"我觉得猴子比纳粹更有人味！"

我也和埃里希一起度过了很多时光，我喜欢他的陪伴，喜欢他的安静和聪慧。我很想在那座豪华的舞厅里和他共舞，管弦乐队每晚都在那里演奏维也纳的圆舞曲和其他流行音乐；但埃里希并不"热衷社交活动"，像他自己说的那样，晚上，他更喜欢留在船舱里拉小提琴；我发现我的这位旅伴是个小演奏家。

"纳粹不让我上音乐学院，以为能够打碎我做小提琴手的梦想，但我自己练，坚持不懈，总有一天我会成为伟大的小提琴家！"昨天他向我吐露了心声，"我要在全世界巡演。在全世界，除了德国！"

亲爱的日记，我敢对你坦白，那一刻，我忍不住抓住他的手，把自己的嘴唇贴了上去。我不知道自己这是怎么了！怎么说呢？我就是这样，直率、容易冲动。但事实上，意识到自己的举动之后，我羞得逃走了！从此再也不敢直视他的眼睛了。哦，上帝，让我再也不要见到他吧！他会怎么看我呢？我简直不敢想象……

1939年5月19日，亚速尔群岛附近

今早，8点钟一到，我们很多人就拥上甲板，为了一睹弗洛勒斯岛——亚速尔群岛之一。我们甚至能看见房屋和教堂，可惜天阴沉沉的！

哎哟，幸好不见埃里希的影子！

今天是星期五，施罗德船长批准了在大会客室举行安息日祭礼。我们平时很少去教堂做礼拜，上次进教堂，已经是很久以前的事情了。我想船上大部分人都是如此，但是今晚，肯定会有很多人。

"圣路易"号，1939年5月20日

我说对了，我从没参加过如此热烈的祭礼。为了这次活动，施罗德船长对我们犹太人尊重至极，甚至把大厅里的希特勒像摘掉了。很多人已经好久没有祈祷了，满载希望的祷词却自动回到他们唇边。

船上总是笼罩着节日的气氛。

好天气又重现了，阳光明媚，海面风平浪静，有时候我们甚至觉得船静止不前。而实际上，我们步履轻快，整个欧洲已不过是一个遥远的回忆。

我中暑了，我的脸红得就像一只螯虾，加上头发的棕红色，我的样子看起来真吓人！

每天晚上我们都可以举行不同类型的晚会，我们这些年轻人整天都在笑、在玩。

这么大的一艘船，有很多新鲜事要发现。朋友们和我觉得旅途时间太短，根本不够我们把整艘船了解个遍。船上有很多孩子，最小的那些到处乱跑。亲爱的日记，你知道他们最喜欢的游戏是什么吗？一种叫作"犹太人禁止入内"的游戏，游戏内容是不许犹太人跨过由两名纳粹设置的栏杆！当我把这个告诉妈妈时，她只是叹息着摇摇头："可怜的孩子们！"

尽管周围气氛乐观，我仍然清楚地感觉到爸爸妈妈像船上大多数大人一样，对将迎接我们的未来感到担心。而我并不想为这个操心，至少现在不想。我认为自己还有权再玩一玩。对于一个像我这么大的孩子来说，我不是已经吃了太多苦了吗？今后我就想活在当下，至少在旅行的这段时间里如此。"当我们失去了一切，唯一重要的便是活着。"今晚的饭桌上一位夫人这样说。所有人都赞同。

"为什么总有扫兴的人呢？"今早我对爸爸表示了我的抗议。

就在每个人都想象着美好未来的时候，今早饭桌上有位乘客（爸爸后来告诉我他来自柏林，是一位优秀的律师）断言，很快会爆发一场战争，席卷整个欧洲大陆。

"他不是个扫兴的人，伊尔丝。他很有远见。但你不用担心这场战争，我的孩子。它不再直接关系到我们。德国，欧洲，对我们来说已经结束了！用不了一星期，我们就会在古巴登陆。"

我承认，日记，没有爸爸的这番劝告，我也不会为那些事情操心。

目前我所操心的事，叫作埃里希。我像躲瘟神一样躲着他，这是一场真正的捉迷藏。每次他一出现在我附近，我就努力遮掩，好让他别发现我。

洛蕾和露特一点都不明白我在搞什么鬼。

我想她们肯定觉得我爱上埃里希了。

爱上？开玩笑，怎么可能！

好吧，我得把事情说清楚，跟我的朋友们说清楚，也跟他说清楚。我要向他道歉，然后告诉露特和洛蕾发生的一切。这将是大笑一场的好机会，然后一切就宣告结束。

晚饭的铃声响了，我先丢下你了（就一会儿，我保证！），我希望回来的时候，我能笑着而不是红着脸跟你讲述我是怎么跟埃里希解释的。

"圣路易"号，1939年5月23日

今天是悲伤的一天！不是因为埃里希，亲爱的日记，而是今天早上，一位乘客，魏勒教授，去世了。当然，我不认识这位老先生，爸爸说他不是因为生病，而是因为绝望和忧伤而去世的。

"只是因为他没有活下去的力量了！"

多么令人悲伤啊！距离我们到达古巴只剩四天了！

因为今天晚上管弦乐队没有演奏，我们才得知了他的死讯。轮船减速前行，由于不可能等到了古巴再下葬，老人的尸体被抛入大海。

真是祸不单行，不久之后，一名水手从甲板上投海了！

今晚的气氛因而并不喜庆。

在这一切发生之前，我还是跟埃里希做了解释。

"你当时不需要逃走，今晚也不需要解释！"他笑着回答我，"我并没觉得你的举动讨厌，而且恰恰相反！"

亲爱的日记，如果我告诉你，这回是他抓住我的手送到唇边，你相信吗？

洛蕾和露特认为我爱上了埃里希，我想她们说的没错！

"圣路易"号，1939年5月25日

洛蕾、露特和我三个人不断地在谈论这位年轻船员自杀的事。各种消息传开了。有些人猜测他是犹太人；另外一些则相反，说他自杀是因为爱上了一位犹太女乘客，而这对纳粹来说是决不允许的；还有人嘀咕说可能是他杀。

我们的行程就快结束了。

我重新陷入慌乱之中，接下来会发生什么呢？我们怎样适应新生活、新语言、不同的文化和不同的气候呢？我时而感到好奇、激动、兴奋，时而感到不安、恐惧……

我无法想象在古巴的新生活会是什么样，我唯一确信的是，会跟以前的生活大不相同！

今早，所有乘客都被要求去取登陆牌！如果没有船难或者天灾，我们的苦难就到头了。再没什么能阻止我们在古巴登陆，在一个自由的国家，那里永远不会有什么纳粹！

今晚举行了一场假面舞会，船上弥漫着一种醉人的气氛，我觉得没人会相信，我们在起程之前的生活就像一场恐怖的噩梦。

1939年5月26日，佛罗里达附近

当佛罗里达海岸在天边显出轮廓的时候，人们纷纷拥上甲板。一种十足的热情似乎感染了所有人。人们笑着、拥抱着，有人在哭，有人在祈祷。我永远不会忘记这个时刻。

"你能想象吗，伊尔丝，明天我们就在哈瓦那了？"妈妈笑着说。接着，她就开始用手绢捂着脸啜泣起来。

我不知道是否只是一种错觉，我觉得自己看到爸爸的脸色阴沉下来，有那么片刻，我在他的脸上读出了焦虑，与出发之前一模一样。

昨天他就已经有所表现，去舞厅的时候，让我们先行一步，说他有事，晚些来找我们。当他来到我们身边的时候，看得出他忧心忡忡。我想这肯定是因为他不知道在古巴会有什么遭遇吧，现在又……

不，我会有这些想法，是因为我还没有完全相信奇迹就要发生！明天，我们就到哈瓦那了，所有人都将安然无恙。

都将自由！

所有人未来的生活将会怎样？我们还会再相见吗？

都是些没有意义的问题！

该睡觉了！我需要力量去面对新生活。

1939年5月27日，哈瓦那锚地

我是个记者了！怎么说呢？是个了不起的通讯员。

还不到凌晨4点，钟声就把我们叫醒了，4点半的时候，船上的最后一顿早餐准备好了。

我们抵达港口了！

我们站在甲板上，哈瓦那的太阳升起来了。

我如实地记录着，亲爱的日记，因为我现在经历的每一分钟都很特别！人们喊叫着、跺着脚、幸福地欢呼。我看到：一望无际的椰林、一座堡垒、一个白色大理石的圆顶……太美了，自由！

我把日记本握在手里，今后再没有必要把它藏起来了。啊，能光明正大地写真是幸福！

好了，我知道自己以后要做什么了。不是当作家，而是当记者，伟大的通讯员！我要走遍世界，记录那些将会震撼整个地球的事件。

但是现在，虽然我还只是个小女孩，生活对我来说才刚刚开始，可我只愿意做我自己，无论如何，我都不想和别人交换位置。

我们向港口靠近，行李都装好了，证件也已备齐，我们计划着未来，满脑子都是梦想！

但是什么都没有发生，船纹丝不动了。

喜悦之情消失了，"圣路易"号停锚已经一个小时。

问题冒了出来，不安的情绪重新出现，眼泪也快落下来了。

"这是因为要办进港手续！"有些人这么说。"也许是要对我们进行隔离检疫，以便当局来确定我们的健康状况！"另一些人猜测。

后一种想法可能不错，因为现在我们看见两艘小艇向我们的船驶来，小艇上载着海关人员和一支医疗队。

是的，我们要在上岸前接受医疗检查。全体人员都被请到了大会客室。这无疑是我们需要忍受的最后一次不愉快。这是自由的代价，老实说，我十分愿意付出这个代价。

已经 17 点钟了，医疗检查结束了。

"我们可以上岸了吗，现在?"一名乘客询问海关人员。

"*Mañana !*"他答道。

意思是"明天"。

"明天?"已经有几位乘客陷入了恐慌，"为什么是明天? 我们手续齐全，不是吗? 为什么今天不上岸?"

焦虑情绪重新出现，再没有人笑，也没有人唱了。

我们被要求返回舱室。

我们今天不上岸。

爸爸沉默了，妈妈也是。

我呢，我在这里，写日记。

如同在最糟糕的时刻一样，写能消除我的恐惧。

1939年5月27日，23点，依然在哈瓦那锚地

今晚，餐厅里冷冷清清，谁都没有心情笑。人们勉强吃一点东西，孩子们很安静，气氛十分凝重。

晚餐要结束的时候，几位男士，包括爸爸，聚集在吸烟室。

他对我和妈妈说，施罗德船长要大家组织一个委员会，便于船指挥部和乘客之间的沟通，他参加了。由委员会的成员向我们通报发生的一切和事态进展。

他一直没有回到舱室来，我要尽力保持清醒，好等他回来，听他对妈妈说些什么，那时候他肯定已经知道发生了什么。

✳

1939年5月28日，上午

尽管忧心忡忡，我仍然熟睡了过去，没听到爸爸回来。今天早上，大家都起得很早。爸爸什么都没说，但是脸色依然阴沉。

我在甲板上。有很多艘小艇，我们的船几乎被包围了。真是名副其实的水上市场：香蕉、椰子、布料、饰品……就好像我们还有心情购物似的！也有的小船是来接亲人的，甚至有人从美国远道而来，只为了早些把亲人抱在怀里。

情绪非常激动，人们认出了彼此，互相呼唤着，伸出手臂。

移民局的官员上了船。

"我们很快就能上岸了，对吗？"妈妈问爸爸，爸爸却始终一言不发。

1939年5月28日，午后

只有二十来个乘客被允许上岸。

"为什么是他们而不是我们？"我向爸爸表达了我的不满。

"因为他们的移民签证合乎规定。"

"我们的签证也合乎规定啊，不是吗？"

"显然不是，亲爱的，出问题了，但我们不知道是什么问题。就连施罗德船长现在也不知道，他答应只要有一点消息就通知我们。"

移民局官员刚下船，士兵们就上来了，他们占领了甲板。

当我们日思夜想的自由就在眼前的时候，他们是来禁止我们上岸吗？

"我们怎么也逃不过。"克莱恩先生的话反复折磨着我的神经。我们受的苦还不够吗？他们还想要怎么样？为什么士兵会到船上来？他们又不是德国人！他们也恨犹太人吗？

同一天，傍晚

另一艘船在哈瓦那港与我们会合了，似乎也是一艘运送难民的船，跟我们一样的难民，而且还有一艘船很快也会抵达。

我们问甲板上的警察为什么不能上岸的时候，他们说是因为五旬节。另外那些人却能上岸，不管是不是五旬节！

等待无穷无尽。家人们都聚在一起。不能去找我的朋友们了。

一位官员上了甲板。

他带走了一名妇女和两个孩子。

抗议的声音响起："那我们呢?"

晚餐的铃声响了。可没有人动。今晚的餐厅将空无一人。

1939年5月29日

没有消息,除了几名乘客试图用武力上岸,这是爸爸告诉我的。

"我们难道受过上帝的诅咒,要在人间遭受这样的对待?"克莱恩先生发怒了,"为了得到在古巴登陆的权利,我们付出了昂贵的代价。我们把什么都给了他们,什么都没留下!他们用我们的钱填满了自己的口袋,现在却要把我们一脚踢开!"

"发火有什么用!"爸爸打断他,"这是个意外,的确令人恼火,但事情没有理由不解决。美国不会坐视不管。我们保持冷静吧。"

爸爸真的这么认为吗，还是只想安慰我们？

夜幕降临了，我们几乎整整一天都待在甲板上，等待着消息。船的周围，小艇仍在来来往往，载着想跟船上亲人通话的人。

我疲倦极了。但是，我们除了等待什么也做不了。

✳

船上很热，热得难以忍受。

神经快绷断了，似乎有一位乘客试图自杀，先割断了静脉，而后又跳入大海。两名水手跳了下去，成功地救下了这个可怜的人，重新把他带回到甲板上。随后他被送上岸住进哈瓦那的一家医院。他独自一人，妻子和两个孩子并未随行。

我没想到自己竟还会经历这样的惨剧。

我没有再跟你提到埃里希，必须承认现在不是谈情说爱的时候，但他不断激起我的崇拜，他是罕见的仍能保持冷静的人之一。当他得知洛威先生自杀的消息时，说道：

"这也是我们应该做的。"

"什么？"我问道。

"你听说过哈斯摩尼的故事吗？"

"就是马萨达城的犹太人集体自杀的事吗？"

"对，就是他们。他们卑微而又淳朴；他们不是士兵，没有武器也没受过训练。他们有坚强的意志，不愿改变他们犹太人的身份。于是他们宁愿去死也不投降。"

"我不想死！"我气愤地说，"这不公平！我们还年轻，以后的路还很长！我们没有做错什么，为什么必须用死补偿！更何况，目标就在眼前！"

"我也不想，不想死，但是我宁肯死，也不愿返回德国。我不会坐等他们把我杀了，你明白吗？我不愿意让他们得这个便宜。"

上船以来第一次，我抽噎起来。我们真的会被遣送回德国吗？

"对不起，伊尔丝。"埃里希于是说，他抓起我的手，紧紧握在他的手中，"我没想到会吓着你。忘掉我刚才说的话吧。"

怎么忘掉？如果他说的有道理呢？如果他们真的是想先让我们为行程和签证付出天价，然后再把我们送回德国去呢？

船上的情绪越来越紧张。

显然，如果我们被禁止上岸，是因为这个国家的政府已经宣布我们的签证无效！可发给我们签证的正是他们啊，而且绝不是免费的！似乎他们还要钱，天文数字的钱，我们中没人能付得起。

爸爸来向我证实了，政府确实想再要一笔钱才允许我们上岸，美国犹太人联合救济委员会正在努力筹措资金。

所以我们应当耐心等待！

"我知道很艰难，无法承受，但会找到办法的。全世界都被我们的命运感动了，商谈进展顺利。"

我把他的话复述给了埃里希和朋友们，想给他们一些安慰。幸好我们在船上什么都不缺，船长和全体船员对我们都很友善。

简直难以置信！哈瓦那港对古巴人来说成了一个奇特的、可供他们散步观光的去处。而景观就是我们，困在"圣路易"号上的九百来个可怜的乘客！有些渔民甚至把他们的小船改成了游艇，做起了载人绕船一周的观光生意！

"他们以后会朝我们扔花生的，就像对猴子一样！"我对埃里希冷笑着说。

"我会买几个椰子，朝他们脑袋上扔！"埃里希说，笑得很勉强。

"不管怎么说，他们好像很喜欢这个景观！"露特阴沉着脸注意到。

一支管弦乐队在岸边驻扎下来，人们笑着、拍着手跳起舞来。

耻辱！为什么这样对待我们？我们对这些人做了什么？我们难道受了上帝的诅咒，就像克莱恩先生说的那样？

⚜

1939年6月1日

洛蕾、露特、埃里希和我决定了，在甲板上重新开始生活，就像我们仍在海上时那样，完全不知道靠岸时会发生什么。这并不容易，因为大人们的焦虑会传染，但我们努力装作无忧无虑。

我们在甲板上聊天的时候，一架水上飞机降落在锚地，一会儿，一艘巡逻艇系在了"圣路易"号上，巡逻艇上有一名警察，带着一包来自纽约的信件，有幸在纽约有亲属的人们可以得到最新的消息了。我们由此获悉，全世界的媒体都在关注我们不幸的命运，涌现了众多的抗议活动。这给许多人重新带来了乐观和希望。

晚些时候

重读我刚才写下的最后一句话时，心里满是苦涩。

在这漫长的几天里，希望和绝望总是交替出现，而现在我们身处的地狱，则没有任何找到出口的希望。

施罗德船长的通知张贴在布告栏里：

古巴政府命令我们离港，只允许我们停留至明天上午，因此我们将于周五上午10点钟出发……

然后还有与政府谈判的进展，但是没有人再相信了。

亲爱的日记，怎么跟你描述读到这条信息时，向我们袭来的忧伤和恐惧呢？喊声、哭声、抗议声，一片混乱！面前是古巴警察，对我们虎视眈眈，手里握着武器，随时准备对妇女和孩子开枪。

施罗德船长非常气愤，命令他们收起武器，随后请乘客们回到舱室内，他怕再有自杀行为发生。

爸爸说："大家都准备好了应对一切变故，甚至准备跳海，他们太怕被送回德国了。"

这么说埃里希的话没错，宁肯死在一起，也不要被送回起点。但是我担心，即使我们全都死去，也感动不了任何人。

❀

1939年6月2日

今早10点钟，就像之前通知的那样，"圣路易"号重新发动了马达，这是在我们抵达哈瓦那港口一个星期之后，在我们心中仍然充满希望、头脑里仍然充满幻想的时候！

再没有什么未来的计划了，没有新生活了！

Verboten！

人们哭着拥上甲板，警察的小艇费力地挤在我们的船和前来探亲的小艇之间，不再让小艇靠近，小艇上的人们绝望了，眼睁睁地看着大船上的亲人离去，甚至不能亲吻道别，不能最后一次相拥入怀！

女人们的声音响起，她们在祈祷、唱连祷文，唱诵的声音不时被哭泣打断。"我们不想回去！我们不想死！"到处都能听见人们这么说。

马达发动之后不久，一条消息传来，要求乘客们到大会客室集中。

没有足够的地方站下所有人，因此孩子们被要求留在走廊上。洛蕾、露特和我紧紧挤在一起，努力不漏掉每一个字，尽管通知是用英语说的，而我们当中只有埃里希懂这门语言。

"说什么？说什么？"我们不断问他。

"总的来说，要我们保持信心，他说还有希望。

我们的命运感动了全世界，到处都有人在斗争，企图找到解决办法。他保证不会把我们送回德国去。"

"那我们会被送到哪里去呢？"我不安地问道。

"他不知道，"埃里希回答道，"但他反复保证'不会是德国'。"

通知结束后是一阵恐怖的寂静。

我们重新登上甲板，看到哈瓦那港越来越远。

"太美了，可惜不在了！"埃里希喃喃地说。

1939年6月3日

沟通委员会张贴了一张告示，通知我们，目前"圣路易"号会在古巴和佛罗里达之间的海上巡航，等待与古巴政府进行新一轮的协商。

但是现在我们所有的希望都转向了美国，目前唯一能拯救我们的国家。

时间过得真慢，等待我们的是什么，我们一无所知。

我们没有心情玩耍、跳舞或者笑，管弦乐队沉默了。人们精神紧张、脾气暴躁。

告示栏中不断张贴出新的消息，但没有一条是真正的好消息，至少不是我们等待的那条好消息：我们被允许在哈瓦那登陆。

在等待中，船指挥部建议我们尽量做些什么。他们开设了语言课，为小孩子们组织了游戏。为使乘客冷静下来，他们采取了一切措施。

1939年6月4日

我们抵达了迈阿密外海。自由的人们在海边嬉戏、奔跑、游泳、划水，这对我们来说是多么残酷的场景。

"这些人知道我们是谁吗，知道我们正在经受什么吗?"露特问。

"这和他们毫不相关!"埃里希嘲讽道,"整个世界都不在乎我们的命运。别忘了我们只不过是些犹太人!被诅咒的人、鼠疫病人、麻风病人!看看这片海滩、这些沙子、这些奢侈的楼房,看看这些无忧无虑笑着、闹着的人!这些对我们来说都是禁止的!为什么?"

巨大的忧伤向我们袭来,我们长久地不说一句话。

埃里希说得对,我们是被诅咒的人。

"如果,奇迹发生,我们逃了出去,我想在那里生活!"我喃喃地说,"就是那儿,不是别的任何地方,但只有奇迹才能救我们,但是我不会祈祷。"

"我会,"露特说,"我们一起祈祷吧。你只要跟着我说就行。"

"祈祷!"埃里希嘲笑道,"向谁?为了什么?"

露特耸了耸肩,闭上了眼睛。

"*Shema Israël*……"① 她开始唱。

我跟着她唱,埃里希走开了,洛蕾沉默着。

埃里希说得对,我们是被诅咒的人。

① 译注:这是犹太人日常早晚祷文的开头。

不久之后，美国的海岸巡逻船包围了我们。

他们也对我们抱有敌意，就像世界上其他人一样，就像整个大地一样，都对犹太人充满敌意！

1939年6月5日

我亲爱的日记：

终于有好消息了！

首先，是来自一位桑德勒先生的消息，他声称，一些美国的犹太生意人包括他本人正在试图把我们接到美国避难。

接下来，我们通过迈阿密电台的一条广播得知，在等待其他国家接纳我们期间，古巴总统将允许我们在古巴的松树岛临时登陆。

我们不会返回德国了！

多么开心，多么激动，我的上帝啊！所有人都为这条消息鼓掌，所有人都沉浸在狂喜之中。

过了一会儿，管弦乐队又开始演奏了。洛蕾、露特和我着了魔似的乱舞起来，埃里希也加入我们的狂欢。

这次，毋庸置疑，我们得救了！

✳

1939年6月6日

我今早醒来，满心欢喜。这是我们在船上的最后一夜，很快，我们就要去认识这个名字如此美丽的陌生岛屿了。但去吃早饭的时候，传来了一条不幸的消息，它推翻了前一条。

是爸爸告诉我和妈妈的，登陆松树岛的许可没有被批准。

"什么人这么残忍，这样玩弄我们可怜的神经？"妈妈发怒了，她已经被折磨得筋疲力尽了。

筋疲力尽，我们都是如此。

我甚至连写字的力气都没有了。

1939年6月7日

施罗德船长召集了委员会的成员。

当爸爸回到舱室与我们会合时，我知道他就要宣布最坏的消息了：

没有哪个国家愿意接收我们！

亲爱的日记，我决定，在我们的命运彻底明朗之前，不再提笔。

七个月了，我们承受的一切，我们被迫承受的一切，我几乎天天都在详详细细地告诉你。告诉你最糟糕的事，在柏林的遭遇；也告诉你最高兴的事，在这艘船上，这艘为我们打开自由大门的船。

但是我现在不知道自己身在何方，不知道我们走到了哪一步，也不知道明天会在哪里。

我们可能会在古巴、美国或者别的地方，我不知道。不管是哪里……当然，只要不是德国！因为如果是在德国，我肯定无法继续写下去了……

我向你保证，当我认为自己抵达了安全之地的那一天，我会回来告诉你。

这并不是永别，只是个"再见"，至少我衷心希望如此，对我和亲人来说是如此，对一个月来与我们共患难的人来说也是如此。

⚙

伦敦，1939年8月28日

我曾经写道，只有抵达安全之地的那一天，我才会重新开始写我的日记。

我坚守诺言。

是的，我们现在身处安全之地，英国。

因此我可以重新提起笔，详细告诉你发生的一切，事件的日期永远镌刻在我的记忆里。

如果说除了爸爸之外，世界上还有一个人可以让我崇敬终生，那便是勇敢的施罗德船长，他不顾全世界的憎恶，决定把他可怜的乘客们带进一个合适的港湾。

让我们回到1939年6月7日

施罗德船长决定强行进入佛罗里达的一个港口，这是对全世界的挑战，对那些无视我们苦难的政府、总统们的挑战。我们聚集在甲板上，屏住呼吸。我们就要成功了，但就在这时，美国的护卫艇挡住了我们的去路，并命令船长掉头！

全世界都对我们关上了大门，我们最后的希望，美国，传奇中的美国，也签署了我们的死亡判决。这个广阔的国家，这个富饶的国家，据说路都是用金子铺的，却没有我们这九百来个可怜乘客的位置。

没有人要我们，北美不要，拉丁美洲不要，加拿大也不要——辽阔的加拿大认为他们那里没有安置我们的地方。

看到全世界都拒绝援助我们，希特勒和戈培尔肯定要乐得拍手了。

施罗德船长无奈之下，只好命令船员们朝德国航行，朝死亡航行。

1939年6月8日

船上，一片绝望，就在这时来了两封电报。电文张贴在布告栏里，以便大家都能读到。

"解决办法就在眼前……"上面这样写道。

至于施罗德船长，他对我们保证，他的决心不可动摇，不论发生什么，都不会返回德国。

他比任何人都清楚，那里等待我们的只有死亡。

1939年6月14日

在驶向欧洲大陆的途中，船长让我们在甲板上集合，他要宣读刚收到的一封电报，来自美国犹太人联合救济委员会负责欧洲事务的执行主席莫里斯·特洛佩尔先生：四个欧洲国家，比利时、荷兰、法国和英国同意为我们打开港口。

我从没经历过这样迸发而出的欢乐。

就在那个晚上，在我们从汉堡出发一个月以后，"圣路易"号上举行了最盛大的庆祝，管弦乐队以最疯狂的激情演奏着，乘客们以最轻盈、最生气勃勃的步履舞蹈着。

而我们这些年轻人，又燃起了希望和对未来的梦想，又重新聚在一起。

埃里希和我希望能被同一个国家接收。

"最好是同一座城市！"他对我说。

"为什么不是同一条路、同一幢房子，既然已经在同一座城市了？"

我们驶向慷慨的欧洲，心情一片轻松愉快。孩子们重新玩起了游戏，我们重新开始交谈，父母们重新开始计划未来。对他们来说，未来仍然不确定。我们不知道每个人会在哪个国家下船。爸爸从此希望能获得许可在英国登陆，好去与他的妹妹玛莎会合，他甚至没有告诉她我们出发去古巴的消息。

他决定发一封电报，通知她我们即将抵达欧洲。

不可思议。两天之后，她回复了我们：

期盼你们到来，我们为你们三人做完全担保，确保住宿、花销。爱你们，玛莎。

这封电报让我们非常高兴，简直可以说是救了我们的命。

1939年6月17日，上午近11点

"圣路易"号进入了比利时安特卫普港的锚地，一艘驳船迎了上来。甲板上，有人热泪盈眶，有人浑身颤抖，有人沉默地僵在那里。

特洛佩尔先生在欢呼和掌声中爬上了舷梯。甲板上，孩子们排成两列欢迎他，最动人的一刻是小丽丝勒用德语向他致谢：

"亲爱的特洛佩尔先生，我们，'圣路易'号上的孩子，向您并通过您向美国犹太人联合救济委员会，表达我们心底最诚挚的谢意，谢谢你们把我们从巨大的不幸之中拯救出来。我们祈祷上帝的祝福与你们同在。很遗憾，船上没有鲜花开放，否则，我们一定会献给您世界上最大、最美的花束。"

接着，由接收国的代表组成的团队来到了大会客室，着手进行乘客分配。爸爸把玛莎确保负责收留我们的电报交了上去。

分配工作进行了好几个小时，在这个过程中，乘客们的精神又经受了新一轮的严峻考验。

我们在英国上岸的要求被采纳了。

令埃里希和我都很失望的是，他和他的父母将在荷兰上岸，他们在那里有亲戚。

露特的爷爷奶奶好几年前在法国南部定居了，在那里等待着露特一家。

洛蕾和家人将在比利时下船，去投靠家里的一个远亲。因此我们中的每个人都会踏上不同的道路，开始不一样的命运。

除了洛蕾当天就离开之外，埃里希、露特和我在"圣路易"号上度过了最后一夜。尽管有父母的命令，让我们睡觉，这样第二天才会有充沛的精力，但我们仍然决定留在甲板上，再一起度过几个小时，最后的几个小时。

"你给我写信？"埃里希问，他握着我的手，把头凑近我的头。

"当然了，但是寄到哪里？不，还是你给我写，寄到我姑姑玛莎家。"

"你会回信吗？"

"当然了。"

"我们发誓吧，总有一天我们三个人会团聚，在这一切都结束之后！"露特提议。

我们彼此定下了誓约。

第二天，我和爸爸妈妈上了另一艘船，"拉科茨"号，它将在布罗涅放下去法国的人们，然后把我们带到南安普敦。

......

因为不想成为姑姑和她丈夫的负担，我们一到英国，爸爸就开始继续办手续，申请美国签证。可是毫无结果。

尾声

迈阿密，1948年11月15日

我是在迈阿密写下这段话的，在我家公寓的露台上，我们在这里生活了三年。

整个战争期间我们都在伦敦，在德国空军致命的轰炸和各种物资极度匮乏的情况下，与可怜的伦敦人共命运。这段日子很难熬，我没有哪天不感到恐惧，就像我们在德国时一样的恐惧。英国人以一种十分坚忍的态度承受着这一切，在这种情况下，抱怨自己的命运很不合适，因为这个国家所有人的命运都是如此，而且，当美国对我们关上大门的时候，是这个国家向我们敞开了怀抱。

我唯一的目标就是尽快掌握英语，并摆脱我的德国口音，只要我一开口，它就暴露了我的身份。同样，我也改了名字，把伊尔丝改成了莉兹。

为了最终被接纳，我愿意付出巨大的代价。

因此我用大部分时间来学习这个国家的语言、风俗、历史，并且帮助和支持我的爸爸妈妈适应在英国的生活，尽管有姑姑和她丈夫慷慨的支持，他们仍然比我更加不知所措。

我衷心地敬慕英国人和他们的勇气。欧洲唯一拒绝与希特勒结盟的国家。我愿意成为这个国家的一分子，尽管我希望有一天能在迈阿密定居。

我实现了一部分愿望，但能够实现的愿望总是少数。

"圣路易"号上被法国、比利时和荷兰接收的270名乘客惨死在纳粹集中营里。

600万犹太人，包括男女老幼在战争中被杀害。

但犹太人从此有了自己的国家，它叫以色列。

露特曾说要去那里定居。

但这个愿望永远没有机会实现了，她和家人死在奥斯维辛。

埃里希想要成为小提琴手。

这个愿望也不可能实现了，他和家人被关进了集中营，再也没有回来。每次我听到小提琴的声音，都不由得会思念他，泪水盈满眼眶。

露特、他和我，我们在一切结束之后要重聚。

这个承诺再也不能兑现。

我没有得到洛蕾的消息，但我一直希望她脱险。

战争结束了，我们终于拿到了这张珍贵的签证。在佛罗里达的一所大学里，一份教职正在等待着爸爸。

我们到美国一年之后，马科斯，我的弟弟，诞生了。

妈妈找回了一部分生活的乐趣，她专注于把马科斯培养成一个地道的美国公民。

而你，从来没有离开过我，亲爱的日记。

一天又一天，现在距离我第一次写日记已经过了整整十年。

我是在用英语写。

在英国一上岸，我便发誓再也不用德语说话、做梦、唱歌。

这个承诺兑现了。

除了给格拉德写信时，告诉他我仍然活着，并向他表达我的感激。

从今以后我会努力朝着未来生活，忘掉我们曾经的苦难。尤其要努力使自己相信，这样的恐怖再也不会重现！

生活在纳粹德国

1939 年 5 月 13 日，当"圣路易"号由汉堡起航前往古巴时，阿道夫·希特勒掌权已超过六个年头。1932 年 11 月，他所领导的德国国家社会主义工人党（NSDAP），即纳粹党，赢得了立法选举。两个月之后，即 1933 年 1 月 30 日，希特勒作为纳粹党首领，被德国总统兴登堡任命为总理。他逐渐通过政治阴谋和利用德国人民的恐惧，终结了共和国和民主制。1933 年 2 月 28 日，德国发生纵火案，希特勒和他的拥护者借机限制个人和集体自由。他们在慕尼黑附近的达豪建立了第一座集中营，从 1933 年 3 月 22 日起，关押纳粹党的政敌。接着，除纳粹党之外的其他党派均被禁止。1934 年兴登堡去世，希特勒重组政权，并自称"德国最高领袖"。希特勒成了不容置疑的国家领导人，他建立了一个集权国家，控制社会的各个领域。

　　自1920年初希特勒和纳粹党在德国政治舞台上出现起，暴力就一直是他们的特点。这种语言和身体的暴力既针对他们的反对者，也针对犹太人。1933年，德国拥有6000万人口，其中55万人信仰犹太教。纳粹党掌权之后，就开始了对犹太人的恐怖暴行。反犹太主义，即对犹太人的憎恨，是纳粹思想的核心，认为犹太人是德国不幸的原因：第一次世界大战的失败、重创整个国家的严重经济危机都要由犹太人负责。起初，他们让犹太人离开德国。整个国家必须"没有犹太人"的想法根深蒂固。

　　甫一掌权，希特勒和纳粹党就着手布置最初的反犹措施。1933年4月1日，当局组织了抵制犹太商店的运动；7日，颁布法令，禁止犹太律师营业。1935年9月，纽伦堡法令禁止犹太人与非犹太人通婚。接下来犹太人被排除出一切公职，不得从事教师、法官之类的职业或在行政机构工作。1938年的法令禁止犹太人经营企业。信仰犹太教或者有犹太血统的德国人被迫将他们的生意或企业免费出让给非犹太官员。反犹法令不胜枚举，使犹太人的日常生活无法维持：必须集中居住在犹太人专用楼舍，禁止拥有自己的房屋和自行车，禁止乘坐公共交通工具，禁止拥有收音机、家养宠物、长椅，禁止出入餐馆、公共花园、理发店，禁止购买鱼类、水果、花卉，必须支付特种税，20点之后不得走出自己家门，等等。

因此，大量犹太人试图移民国外。1933到1937年间，13万名犹太人得以离开德国，到法国、英国、美国避难。1938到1939年间，约118000名犹太人离开德国，10万名犹太人离开德属奥地利。事实上，1938年的反犹新举措，加上1938年11月9日到11日全德境内爆发的名为"水晶之夜"的反犹暴乱，加速了德国犹太人的移民。这起事件是反犹暴行扩大过程中决定性的一步。当晚在整个德国，纳粹分子毁坏犹太人商店的橱窗，焚烧犹太教堂和犹太人聚集区，杀死91人，逮捕3万人并将他们押送进集中营，在此之前，集中营是专为与纳粹持反对政见者而设的。

随着纳粹反犹太行动的一步步加紧，全世界都对德国犹太人关上了大门。1938 年 7 月召开的埃维昂会议，专门讨论逃离纳粹德国的难民问题，在这次会议上，没有一个国家愿意接收犹太难民或为之增加移民限额。犹太人因而在德国乃至欧洲都陷入了困境。随着 1939 年 9 月 1 日第二次世界大战的爆发，他们的不幸加剧了。起初，在德军占领和管辖的领土上居住的犹太人，被集中在东欧的禁闭区内或由西欧政府如法国和比利时进行清查。

但对于犹太人来说，当希特勒在 1941 年 6 月 22 日大举进攻苏联时，大屠杀开始了，由纳粹的特别行动队执行，通过枪杀或使用毒气室，在 1941 到 1943 年间杀害了将近 150 万人。1941 年秋，希特勒及其党羽决定消灭欧洲的犹太人，对其控制领地上的犹太人实行系统性的屠杀。1942 年，在万塞湖畔会议上，纳粹的主要首领拟定了"最终方案"，专门设计了能用毒气杀死数百万人的集中营。六个死亡中心——也被称为"灭绝营"——全部位于波兰，其中布置了毒气室，近 300 万人，包括妇女和儿童，仅仅因为自己是犹太人而被杀害。另有 80 万人因饥饿或遭受虐待，死于波兰的禁闭区，还有人在被捕或机枪扫射中死于意外，或因反抗而被杀。当时生活在欧洲的犹太人本来共950万，而被纳粹杀害的犹太人总数大约在500万到600万之间。

直到最后一刻，纳粹都在尽可能地除掉更多的犹太人，幸免于难的犹太人为数不多。在这场大屠杀的遇难者中，有150万名儿童。

大事年表

1925 年：阿道夫·希特勒出版了《我的奋斗》一书，书中讲述了他对犹太人的憎恨。

1932 年 11 月：纳粹党（NSDAP）在立法选举中胜出。

1933 年 1 月 30 日：希特勒被总统兴登堡任命为国家总理。

1933 年 2 月 28 日：万余名纳粹反对者被捕。

1933 年 3 月 22 日：第一座集中营在达豪投入使用。

1933 年 4 月：反对德国犹太人的初步措施颁布。

1934 年 8 月：希特勒成为国家元首。个人与集体自由遭到限制，纳粹党成了唯一合法政党。

1935 年 9 月 15 日：具有种族歧视性质的《纽伦堡法令》颁布。

1938 年 3 月：德国吞并奥地利。

1938 年 7 月：埃维昂会议召开。

1938 年 11 月 9 日—10 日：爆发了名为"水晶

之夜"的反犹暴乱。

1939 年 5 月—7 月：发生"圣路易"号事件。

1939 年 9 月 1 日：德国袭击波兰，第二次世界大战开始。

1940 年 5 月—6 月：德国军队攻入荷兰、比利时和法国。

1941 年 6 月 21 日：德国军队入侵苏联。

1941 年 9 月：6 岁以上的德国犹太人必须佩戴黄星标志。

1941 年秋：纳粹决定了"最终方案"，对欧洲所有犹太人进行系统性屠杀。

1942 年 1 月 20 日：万塞湖畔会议召开。

1942 年 3 月：莱因哈德行动开始，波兰犹太人在伯利兹（Belize）、特雷布林卡（Treblinka）和索比堡（Sobibor）集中营被杀害。

1943 年 4 月 19 日：华沙的犹太禁闭区内发生反抗行动并被镇压。

1945 年 1 月 27 日：苏联军队解放奥斯维辛集中营。

1945 年 4 月 30 日：阿道夫·希特勒在他位于柏林的隐藏点自杀。

1945 年 8 月：第二次世界大战结束。

1945 年 10 月：纽伦堡审判开始。22 名纳粹罪犯被指控犯有多重罪行，其中包括组织逮捕和杀害了 600 万犹太人。

相关作品

值得一看的电影

《辛德勒的名单》，导演：史蒂文·斯皮尔伯格（Steven Spielberg）

《屋顶上的小提琴手》，导演：诺曼·杰威森（Norman Jewison）

《美丽人生》，导演：罗伯托·贝尼尼（Roberto Benigni）

《再见，孩子们》，导演：路易·马勒（Luis Malle）